# 사색의 정원

# 사색의 정원

2023년 8월 25일 제 1판 인쇄 발행

지 은 이 ㅣ 홍인숙
펴 낸 이 ㅣ 박종래
펴 낸 곳 ㅣ 도서출판 명성서림

등록번호 ㅣ 301-2014-013
주      소 ㅣ 04552 서울시 중구 삼일대로8길 17 3~4층(충무로 2가)
대표전화 ㅣ 02)2277-2800
팩      스 ㅣ 02)2277-8945
이 메 일 ㅣ ms8944@chol.com

값 10,000원
ISBN 979-11-92945-74-3

# 사색의 정원

홍인숙 시집

도서출판 명성서림

# 작가의 말

베고니아는 음지는 싫어하고, 양지만 좋아하는, 잎을 관상하는 실내 식물이다. 아이티 총독의 식물학자 미첼 베곤의 명명이다.(인터넷 인용)

전설에 의하면 여섯 왕자가 왕의 자리를 사양하자 부왕의 무덤에서 풀잎이 하나 떨어져 그대로 자라서 하나의 나무가 되는 것을 보고 이것이 부왕의 유언인 줄 알고 나라를 육 등분하여 다스렸다는 이야기가 있다.

꽃말은 친절, 정중이고 종류는 1,500종이나 된다고 한다.

우체국은 남향으로 앉아 계단에는 직사각형의 화분이 나란히 진열되어 사철 베고니아 꽃이라 칭한다. 진분홍, 연분홍, 흰색, 자색의 꽃으로 항상 피어나 내왕하는 고객들에게 기쁨과 즐거움을 주는 베고니아는 나의 별명이기도 하다.

체신부가 존재할 때 내 별명은 원더우먼이다.

가정에서 직장에서 시집에서 맏며느리의 역할을 다하면서 즐겁게 자신의 업무를 수행하다가 집안의 변고가 생기어 직장을 접어야 할 때 하염없는 눈물이 솟았다.

  국장 승진한지 2~3년 되던 해에 자식의 장래문제가 대두되어 집안의 주부로 엄마로서의 역할을 해야만 했기 때문이다.

  공부란 때가 있는 법, 맏며느리의 장남인 아들이 학교 성적이 바닥이 되어 엄마의 발목을 꽉 잡고 놓을 줄 모른다.

  자신의 성장도 좋지만 이를 어쩌란 말이냐? 아들의 미래는 자신의 미래보다 더욱 더 난감해 눈앞이 보이지 않는다.

  마음이야 우뚝 서고 싶지만 길이 아니기에 포복하여 집안의 안녕을 몸으로 짊어지고 가야만 했기 때문이다.

아들 하나, 딸 하나의 장래는 부모의 전 재산을 털어놔도 아깝지가 않지만 본인인 내 마음은 슬기롭지 못하여 등짐을 던져 버릴 수 없어 결국은 다 접고 집으로 들어가야만 했던 것이다. 추억의 덫, 낭만의 덫, 긍지의 덫을 향한 내 마음은 눈물로 얼룩져 마음잡을 길이 없었다.

하지만 어쩌랴 ! 여기 까지가 나의 인생이란 것을 과감히 물러나 뒷치닥거리를 해야 하지 않을까 하는 뚝심으로 버티어, 오직 자식 잘 되기만을 기다린 보람이 있듯이 지금은 IT기업의 수석연구원이 되어 자신의 길을 가는 자식의 믿음직한 모습도 나쁘지는 않았다.

본인도 학창시절의 문학을 즐겨 활동하던 견해로 문학 저널의 신인문학상으로 등단하여 글을 쓰고 있으니 과히 나쁘지 않다.

사는 날까지 마음의 심금을 울리는 글을 열심히 쓰고

싶은 심정뿐이다. 이젠 예전의 아픔을 잊고 홀로 서기로 남고 싶어지는 때이기도 하다.

외롭고 슬퍼도 자신의 길을 가는 창작의 열성을 보이고 싶다.

지아비와 자식과 가정을 위하여 나아가 손자도 함께 튼실한 가정을 꾸릴 수 있도록 측면에서 돕고 싶다. 아울러 수수만년 독자 여러분의 댁내에도 행복과 건강이 함께 하시길 바랍니다.

2023년 8월
홍인숙

# 사색의 정원

돌하르방에 안내를 받으며
청동 문을 들어서니 시야가 훤히 뵈네

천년을 산다는 주목나무의 분재는
뿌리가 가늘어 수분을 조금씩
빨아들여 과잉이 없이 오래 산다네

모과나무도 분재인데 나무 생태에 따라
뿌리를 해마다 잘라 주어야 성장 한다네

넓은 초목지에 훈풍이 불어 모자가 날릴 듯
접히고 호수엔 황금빛 잉어가 무리지어
먹이 따라 모여 들며 흩어지고 헹가래 치네

사색하는 정원엔 우뚝 선 돌하르방이
시야를 훑어보며 방문객을 맞이하여
녹색의 정원에서 하루를 즐기라하네

애기나무도 어른 나무도 거름 주고 물 두고
정성을 기울이면 세월의 나이테를 잉태하여
규화석이 되고 사색의 정원에 지킴이 된다네

# 2

# 3

# 4

1

# 짧은 장끼를 보이며

해를 마무리 하는 과정을
거치는 송년회는 누구나
희비애락을 느끼는
즐거운 엽서 한 귀퉁이
그리고 싶은 심정이네

잘 하든 못하든 모든 게
우리의 작품들이란 생각에
서로 응어리진 限도 줄고
情도 나누고 微笑도 나누며
두런두런 속삭이며 박수치고
도란도란 거리는 마음은 童心으로
돌아가 짧은 장끼를 내 비춘다
드레스 펄럭이며 화해 분위기를 한껏
들춰 보이는 모습은 향기롭다
무대 위에 찌그린 얼굴이 거울에
비친 때가 엊그제 였는데 지금은
눈 녹듯 사라져 옛말이 되었네

# 파랑새 나르는

"忍耐 忍耐 忍耐는 忍耐 忍耐다"
글격을 오물오물 헤아리면
화가 스스로
멈추어
검붉던 얼굴이 침착하게
밝은 모습으로 어리어
해맑아지고
침침하던 속마음은 서서히
검은 구름 걷어내
우글우글 끓던 속내를 다스려
언덕 넘어 무지개
뜨는 마을은 내 고향에
종착역이 되어
꾀꼬리 노니는 안락한
포문이 열리는
파랑새 나르는
솟을 문 사이를 넘나드네

# 솟아오른 목젖 달래느라

목이 따끔따끔하며 말을
하는데 부담스러워
냉장고 문을 열어 선반에
저장해 두었던 수삼, 대추
생강을 몽땅 약탕관에
집어넣고 푹푹 달여
한 모금씩 맛보는데
조금 있으면 가라앉을까 하고
계속 마시는데 기분이
좀처럼 가라앉는 기색이 없어
속이 있는 데로 타서
어지럼증 까지 나서 기분도 심드렁
엎치락뒤치락 거리며
빈둥대니 언제 그랬느냐는 듯이
목젖이 부드러워져
성화 부리던 성질은 고개 숙이네

# 冷氣는 허기진 뱃속을 시원하게

冷氣는 바람과 함께
옷 속의 윤기를 뺏어
더욱 움츠린다

冷氣는 사람의 마음을
비집고 들어 단추
사이를 문다

冷氣는 오는 겨울의 실전인가
첫추위의 막강함에
백기를 든다

冷氣는 선인이나 악인이나
가리지 않고 파고 들어
힘자랑 한다

冷氣는 무심코 혼자가 아닌
둘이서 혹은 여럿이서
불어 밀쳐낸다

冷氣는 허기진 뱃속을 시원스레
할퀴어 상처 입히고 유유히
냄새도 없이 사라진다

# 붉은 악마의 승리

조국선양의 사랑!
손 흥민 축구의 사랑!
몸은 비록 아파도
내 조국의 넘치는 사랑!

처절하게 부은 얼굴의
굴절된 모습은 보는 이의 마음도
쓸쓸하고 더욱이 부모 마음은 어떤가!
조국의 사랑이 본인의 아픔보다
넘치는 국민의 사랑은 충성이다

외국여행 하다보면 느끼는 것이 있다
바로 나라 잃은 사람들의 애환이다
내 나라가 있어야 한다

만나는 여행객마다 日本人이냐
질문을 받을 땐 쓸쓸한 기분이 든다

2002년 붉은 악마의 승리는 잊을 수
없는 우리 국민의 대망이었다

# 청춘을 불사르며

몸이 시키는 대로 발걸음
옮기며 낙엽을
밟는다
사각사각 소리에 맑아지는
구름 한 점 없는
하늘을 찡끗
수삼 튀김을 한 개 입에 물며
뒷골목 계곡을 물끄러미
씹어 본다
바위사이로 흐르는 계곡물은
바위에 압도되어
가랑잎을 띄우고
수명을 다한 낙엽은 나목만 남기고
새 집은 길을 잃어
여정을 재촉하고
주목은 말없이 청춘을 불사르며
낙엽사이를 버티고
바람은 스쳐가네

# 아궁이에 숯불 피네

따갑던 시절은 가고 시리고
시린 추운 계절은
다가오네
아무런 준비 없이 맞이하는
을씨년스런 절기는
살 속에 스미네
따스함도 추운 바람도 맞기
나름이지만 괜시리
서글픈 맘 이네
홀로 서서 명상을 하다보면
잊을까 손꼽으니
아련하네
입지적인 마음의 자세는 어디가고
굽어진 자세만이 고개드니
아롱지는 무지개
쌍무지개 뜨는 언덕에 서서 아랫녘
훑어보니 모두가 시림에
아궁이에 숯불 피네

# 잃은 시간 깜빡 하자니

해야 할 일은 많은데 능률은
떨어지고 체력은
딸린다
역경을 딛고 일어서는 일은
생각보다 싶지만은
않은 것이다
마음 다잡고 어금니 물지 만
어불성설이라
해설프다

머리가 복잡할 때는 경전을 보며
사색에 잠기는 버릇이
생겨 명상으로
보내고 활동으로 느슨함을
메꾸어 자신을 돌아보는
계기를 만든다
잃은 시간을 땜빵 하자니 홀로는
한계를 느끼어 머뭇대며
손수건만 돌돌마네

# 원기 소 먹은 듯

살다보면 누구에게나
한번 쯤
진실을 말하고 싶을 때가
있지요
맺힌 속을 터트리면 얼마나
시원한지
다시 일어설 때는 꼭 필요한
일이죠
쑥쓰러움 없이 타인에게 열변을
토하면 왜 이리
가벼운지 홀홀 털어버리면
속이 후련해져
날아갈 듯 파란나비가 되어
새 이브자리로
홀짝 안기면 샘솟는 원기가
원기소 먹은 듯
젖 먹던 힘이 활짝 열리죠

# 새끼들의 끼니 해결 하느라

모이면 정답고 흩어지면
　　　　애매모호 하고
서로 알고자 하면 멀어지는
　　　　우리네 사정이
서먹서먹해 지는 관심이
　　　　야속하기만 하다
누군들 보고 싶고 만지고
　　　　싶지 않을까
서러움이 복받쳐 아무 생각 없이
　　　　물러나 창밖
까치집만 바라보며 마른 잎 새로
　　　　날아다니는 까치는
시름없이 근심 없는 가벼운 몸으로
　　　　위에서 아래로
밑에서 창공으로 솟아 먹이 찾는
　　　　어미의 비상은
한시도 가만있지 못하고 허공만
　　　　자유자재로 날며
또 날아 새끼들의 끼니를 해결
　　　　하느라 분주 하네

# 쑥국 한 냄비에 쑥 향이 스쳐

창문 활짝 열어젖혀
먼 산을 보니
만인봉이 맑게 보이고
구름 한 점 없이
파란하늘에 미세먼지라니
어이없어 눈감고 집중하며
아래부터 위까지 마을의
정중앙을 향하여 고운 햇살
눈부셔 이팝꽃이 흐드러지게
피어 자태를 자랑하며
벚나무의 분홍빛이나
복사꽃나무의 연분홍
햇살이 웃는 봄 처녀의
옷매무새 색깔에
봄나물 쑥이
고개 내밀며
뽐내고 싶은 충동이
하나 둘 종이 가방에
저녁거리가 되네

# 나리 곁에 어미닭이 품은 병아리

형광펜 속에 빛이 광채를 이루고 생기를 내
개나리보다 더욱 더 밝은 빛을 띤다면
벌들이 헷갈려 어리둥절 할 것이다

후각이 넘실대며 꿀을 탐할 때 실바람에
실려 오는 햇살에 목 메이고 향기에
넋이 뺏겨 시들면 외롭다
하루라도 먼저 빛이 되어
암술에 수술이 대롱 되어
꽃받침이 튼실해 질 때
둥그렇게 열매가 달려
보기 좋다면 식솔을 거닐고
저장고에 태풍이 온다 해도
자리해 화안히 촛불 켜고
화목한 정을 한술이라도
나누리

# 오죽헌에 저녁노을은 슬프다

녹차 한 모금 먹다 오죽나무에
시선이 쏠려 기웃거려 보네

까맣고 가는 줄기는 지탱하기
어려워 자작나무에 기대어
속내를 나누며 죽향을
피우네

마음은 강릉으로 달려가
신사임당의
곤충병풍이 자리한 안채에
죽향을 살피며
고기 잡으러 나간 어부의
안위를 걱정하는
아낙의 수틀에 핏방울 자국
떨어져 날씨
탓만 하는 아낙의 설움을 수틀에
쓰다듬는 정녕은

묵넘에 늦어지는 저녁을
애꿎게 흘겨보며
태풍에 돛대 날아갈까
눈물 짓네

# 산책은 몸을 가볍게 풀어주네

생각을 다듬고 시야를
넓히며 산책을 하죠

밟히는 야자수 돗자리는
두툼하고 푹씬하여
뻐근한 다리를 가볍게
율동을 맞추어 걷다보면
기분이 상쾌해지고
트럭에서 풍기는
커피향이 후각을 자극하여
발걸음이 저절로
옮겨져 컵을 받아 마시면
길까페 아닌 고급까페 맛이나
기분이 한결 좋아 지죠

바람에 꽃향기와 풀냄새가
코끝을 자극해 찌뿌둥한
몸뚱이가 곱게 펴져
앞서가는 동료들을 제치고
호기롭게 찡긋 윙크 하죠

# 노동은 신선하다

사람은 무엇으로 살아가나
　　　　　　옹심으로 살까
숱한 고난 버티고 뜨거운 인내로
　　　　　　하루를 살까
일거리가 없어서 힘든 노동으로
　　　　　　걸게 살다보면
주머니에 남는 것은 없고 종이쪽만
　　　　　　풀썩풀썩 날려
굶주린다고 누가 한 푼 보태줄까
　　　　　　내 입은 내가
책임져 사는 삶은 팍팍해도 끈기로
　　　　　　땀과 노동으로
한푼 두푼 모아 몸 건강히 부모 모시고
　　　　　　알뜰히 절약하며
두 팔에 불끈 솟는 근육에 땅 일궈
　　　　　　들판에 씨 뿌려
파란색이 붉은 열매 되도록 가꾸어
　　　　　　흥에 젖어 보지요

# 대추차 한잔에 사색

따끈한 대추차에 불편했던
속이 사르르
양약을 먹다보니 속이 말라
음식을 넘겨도
식도가 뻐근하여 고명을
한 조각 씹어도
속이 편치가 않아 가볍게
손놀림으로
책이나 신문을 집어도 속이
거북하여
낭송을 할 때도 당당하게
목청껏 높여도
매끈하게 물 흐르듯 곱게
넘어가 따갑던
목젖도 소리도 헐레벌떡
찾아오지만
자그마한 퉁소도 호흡에
울렁거려
구름 따라 자연히 터지네

# 쓸쓸한 마음 날리기

고즈넉 할 때 꽃봉오리
터트려 본다
속살이 샛 노랗고 암술이
수술에 맞닿아
입맞춤 할 때 벌들이
윙윙 거리며
꽃가루를 다리로 뭉쳐
꽃잎에 나누면
한층 커다란 열매들이
주렁주렁
열려 만삭이 되어 입이 벙긋
거릴 때 마음도
덩달아 날렵해져 풍성한
먹거리를 만날 때
기쁨을 절반으로 나눈다면
너와 나의
쓸쓸한 마음은 펴지리라

# 19공탄 배달봉사

19공탄은 옛말이 아니라 지금도
언덕배기엔
검은 자취가 남고 굴뚝엔 연기가
피어올라
끼니 짓는 냄새가 구수하고
사람 사는 냄새가 난다
따뜻하기론 연탄 난로만한 것이
어디 있으련만
메탄가스 때문에 동치미가
시원타 벌컥 마신다
학교 갈 때가 됐는데 자고 있으면
여지없이 동치미를
한 대접 곁들여 잠을 깨워 가지고
학교 늦는다며
대문 열어 시원한 공기 들이게 해서
정신 차리고
친구들과 어깨동무하고 재잘대며
머리 아픈 것도 잊고
가방 메고 가지요

2

# 손자의 재롱

아리고 시다며 투정하던
과일 맛이
이제는 입에 맞으며 달다고
궁시렁 거릴 때와는
아주 딴판이라 한소리
들으며 애교 떠는
손주 놈의 입놀림이 그저
귀엽기만 하다

사람의 컨디션에 따라서
변하는가 보다
시아버님의 입맛이 조석으로
변하여 며느리는
어찌할 바를 모르고 시집살이가
심하다 싶더니
손자놈이 대를 이어 앙앙불락
대니 이것도
대물림인가 생각 되네

# 봄은 옷자락 사이로 오네

추운 듯 하지만 바람도 살갗을
간질이고
따스한 온기를 햇볕은 잔디에
반사시켜
목련꽃 봉오리 터트려 산바람에
단추 열어젖히고
훈풍 맞아 썰렁한 깃과 깃 사이를
헐렁하게 벌려서
햇살을 몸에 녹여 비타민D 만들어
살얼음판에
온기 불어 넣어 풍덩 돌멩이 던져
얼음 깨서 봄소식
알리고 파란잔디에 쏘옥 꽃피워
올리는 야생화의
계절이 다가와 마른 땅에 지렁이
거름 되어 옥토 만드네

# 옥수수수염 따기

사촌 간에 행사가 생겨 한마당
모여 옥수수 껍질을
벗기며 수염 따네

누런 수염 붉은 수염 가닥
잡으며 인형 만들어
몸통에 붙이네

마당 한 켠엔 가마솥에서 김이
무럭무럭 구수한 냄새에
바둑이 킁킁 거리네

누가 먼저라고 할 것 없이 덥썩
안아 옥수수알 까서 물과
밥통을 밀어 놓네

슬그머니 다가와 맛있게 먹고는
안식처 찾아가는 뒷모습은
꼬리로 인사하네요.

# 인조바지가 좋아요

어머니 생전 편찮으실 때
문병 가면 동서들이
안방에 가득하다

지난 얘기 속에 미소가
담기어 오지랖 넓던
엄니의 마음이다

가지런히 손발을 주무르며
물수건으로 닦으며
끈적거림을 날린다

옷을 걷으면 앙상한 팔에
힘줄이 튀어나와
기미가 보인다

아가의 손은 귀엽고
언니의 손은 포동하고
며느리의 손은 거칠다

어떻게 사느냐가 문제되지만
시원한 인조바지가 그립다며
딸년한테 넌지시 응석 부리신다

# 사랑과 비움

비움은 나를 풍요롭게
　　　　만들어 주고요

채움은 나를 무자 무겁게
　　　　만들어 슬퍼요

비움과 채움의 차이는 백지
　　　　한 장의 차이 라죠

사랑과 미움도 가슴에 꽉꽉
　　　　맺혀 웃지요

사랑은 넓게 미움은 더 좁게
　　　　사이에 담아 넣죠

너 캉 내 캉 웃으며 보다 듦고
　　　　한 세상 살아간다면

얼마나 좋은 일이 생길까 헤아려
　　　　보는 중이랍니다.

# 아픔은 건강을 노래하고

아픔은 건강을 노래하고
건강은 기쁨을 노래 한다죠

2년을 몸이 아파 집에서
쩔쩔매다가 정신 차리고
거동하려니 시대가 디지털로
바뀌어 은행, 관공서, 업소
모두가 터치화면으로 연결되어
맹인이 되어버린 신세다
전에 2년을 컴퓨터 교육을 받아건만
세 가지 암호로 시작하던 디지털은
비번만 넣으면 전원이 작동할 수
있고 인터넷도 다음, 네이버, 구글
애플로써 구미당기는 대로 사용할 수
있어서 그만이다
지금은 찬찬히 들여다보며 생각하고
음미해보면 조금씩 틔어 나오는 예전의
지식의 샘에 등잔불을 밝혀 희미한 등잔에
석유를 부어 심지를 끌어 올리는 심정이다.

# 우듬지에서 까악거리며

낭송은 자신의 마음을
정서적으로 안정을
가져 다 준다
심신의
마음을 열어주는 시집을 들고
낭랑하게 읊으면
체했던 것이 뻥 뚫려 속이
시원 해 진다
아울러 우울했던 분위기가
무지갯빛으로
시집을 꼬옥 껴안고 지긋이
창밖을 본다면
까치가 우듬지에서 까악 거리며
음지에서 벗어나
양지로 보리수 열매 물고 새끼
챙기는 모습은
사람이나 동물이나 새끼에 대한
감정은 숭고 하지요

# 지팡이 짚은 노부부

앉아서 글을 쓰기 보단
거리나 뜨락을
거닐며 글을 쓰라는 강사
말에 신체운동도
할 겸 발품 팔아 버스나
전철도 타보고
벽면 장식도 훑어보며
구상도 해 본다
지나는 유행패턴도 눈여겨
색안경도 써 보며
고층빌딩의 광고문구도 고개
들어 주억거리며
높은 구름도 손짓하며 지팡이
짚은 노부부의
다정한 담소는 어릴 적 모시옷에
갓 쓴 쥘부채 흔들며
시원한 냉채 한 그릇 벌컥 마시는
조부모의 털털한
모양새는 세월이 가도 여운을
남기며 추억을 주네

# 자개농은 어머니다

자개농을 버린지 십년은
되나 보다
시내 나갔다 어느 한식집에서
초점이 꽂히는
순간 아! 뇌리에 와 닿는 느낀
감정은 희열이
넘쳐 기쁨이 온 몸을 작열하며
왜 버렸을까?
유행에 젖어 아파트에 어울리지 않아
벽장의 가구가
짐이 된다는 것을 몸소 알았을 때
자개장은 고물상으로
어머니가 시집올 때 정성껏 해준
장롱의 그리움이다
집 떠나 피난시킨 것이 새삼 그리워
언제나 새것 보다는
헌 것이 더 좋다는 것을 왜 진작
몰랐을까 한발 건네며
자개농을 해준 선친의 선견지명이
돋보인다는 것을…

# 살아있는 화석

무심코 종로타워에 내려서
회전문을 미는데
훤칠한 메타세콰이어 나무가
키 자랑을 하듯
쭉쭉 뻗어 창공에 날개 펴
'살아있는 화석'이란
팻말이 보인다
늘씬하게 차오른
메타세콰이어 나무는
담장에서 가로수나무로
남이섬에서 메타세콰이어길로
만리장성 끝자락에 공원수로 심어져
황토가 아닌 녹색의 만리장성이라네
주목보다 수명이 긴 2000년을 사는
메타세콰이어는 가을에 단풍도 멋진
누런색으로 드라마로도 촬영되어
시민의 편안한 안식처로도 한 몫 한다네

# 광장의 일 번지

과제물 '시경'고전을 구하러
교보에 갔다가
음식점이 없어지고 사색의
휴게실을 보니
화돌짝 놀라 주위를 둘러
보니 삼매경에
심취해 책장 넘기기 바쁜
벽면 그림만
스르르 돌아가며 인기척 없이
자리가 비면
당기며 앉았다 일어서려면
대기자가 멀찍이
눈 맞춤하며 젠 걸음으로
책 들고 와 앉네
분위기 좋아져 두뇌풀이는
자연적으로 새겨져
음료 한잔에 음미는 촉촉이
젖어드는 피부에
와 닿게 넘겨져 교보문고의 서점은
광장의 일번지라는 초점을 아로 새기네

# 가장 아름다운 노래

우면 산기슭에 자리 잡은
예술의 전당은
서민들 안식처가 되어 각양각색의
색깔로 치장한 오방색들이
나부낀다
손 맞잡고 팔짱도 끼고 소음 있는
걸음걸이로 님 마중에
시선을 끌어당긴다
콘서트홀에 이천 명 관중이 조용히
연주시작을 기다리며 해설자의
등장에 박수소리도 요란하다
지휘자의 등장도 소프라노도 반주에
맞춰 현란한 드레스에 등장도
눈 돌릴 수 없는 장면이다
콘서트홀에는
작으며 은은하게 실내악 연주가 울려
퍼지며 서서히 흥분의 도가니로
몰아가는 영혼의 소리가 울려
오페라의 가장 아름다운 노래를
퍼뜨리고 있네요.

# 추억의 인사동 길


추억의 인사동 14길은
정감이 서리는
길입니다

회합도 오랜만에 나가니
상대는 아는 척해도
모릅니다

안면은 있는 데도 누군가
갸웃거리게 되고
고개 돌립니다

상대는 꾸부정하거나 주름이
패여 연세가 들어
보입니다

시작은 비슷 그래했지만
결과는 행적에 따라
연로해 보입니다

마음은 착잡하게 가라앉아
쓸개의 씁쓰름한 액이
흐릅니다.

# 환경은 우리의 생명이다


화가의 본업은 그리기인데
인간의 마음도 알고
쓰다 듬네요

코로나19가 사람을 병들이고
피폐하게 만들어 갈 때
지구의 환경은 목초들로
환경을 정화하여
청량함을 보이죠

화가들은 벽면을 싱싱하고 든든한
금강송으로 장식하여 약해진
환자를 보호하죠

호랑이를 그려 세균이 범접 못하게
어흥! 매서운 눈으로 노려본다는
모녀가 그린 민화로 민본의 근본임을
일깨워 아량으로 민심을 어루만지네요

# 심온이여 고이 잠 드시옵소서

여고시절에 대학 가려면
　　　　막걸리 먹는 법
부터 배워야 한다며 안주로
　　　　김을 먹으면
배부르지 않고 기분 좋게
　　　　많이 마실 수
있다고 알려 주시던 스승님의 친구
　　　　부인이 운영하는
'귀천'이란 찻집 간판이 내 발을
　　　　멈추게 하여
잠깐 들여다보는데 모과 담은 실내에
　　　　병만 가득히
선보이고 모과차 한잔에 입맛을
　　　　당길 때까지
손님은 없고 휑하니 시인의 사진만
　　　　유유히 존재 하며
"학생, 오랜만이네. 반가워"하며 튀어 나올 듯
　　　　환하게 웃는 모습에
방문객의 발자국이 남기는 쓸쓸한
　　　　뒷모습은 사라져 버리네요.

# 작은 것이 소중하다구요

헐레벌떡 수강생이 장미 한 송이
들고 지친 모습에도
활짝 웃으며 건네네

냄새가 향기로워 옆 사람보고
맡아보라고 주었더니
씨익 웃으며 주네

지친 모습에도 "언니 사랑 해"
그을린 얼굴에 미소는 흔치 않는
천만 불짜리네

볼펜을 빌리면 돌려줄줄 모르는
마음은 염치가 없는데
시치미 떼네

몇 푼 되지 않는데 '뭐'까짓 거
그러냐고 하지만 필요할 때
정작 없으면 궁한데…

# 글심의 굵기

가끔은 생각나지요
글심이 부족하다는 것을
시작은 작게 했지만
꽃이 피고 열매 맺어
덩치가 커지면 자연의 수확은
많아야 하지요
노트북 앞에 있어 앉아 워드
치려면 장시간 뜸을 들여
겨우 마음에 와 닿는 글심이
보일 때 어깨가 뻐근 거려도
무력하게 의자걸쇠를 눌러가며
버텨 보지만 효과 없이 밀어 내고
창가에 서서 멍하니 부족함을
곱씹어 보며 그윽한 향내에 발걸음
옮기며 넋을 잃어 무심코 펜대만
만지작거려 조바심을 가라앉히고
묵묵히 정적을 뿌리치고 창문 열어
젖혀 시원한 바람에 열기 시키네

# 책거리

기획전시회에 가서 각종 책거리들을
보니 정조 대왕이 보인다

책읽기를 즐기는 정조는 문예부흥을
위하고 몽매한 백성들을 위해
책값이 비싸니 쪽 병풍으로라도 방안
장식을 해서 책과 가까이 지내라는 은밀한
지침이 서려 조선시대 유행으로 번진다
신인등단 이후 동료들에게 책거리
파티를 열어 가볍게 차와 송편을 놓고
묵었던 얘기 꺼내 힘들었던 사연들을
늘어놓아 동료들의 아픔을 듣는다
작지만 속은 넓고 깊게 파고 들어
새로운 도약의 뿌리를 내리고 싶은 심정이다

# 휴가차 수박저장고에 얼리기

휴식을 취하려 수박 한 통을
구매하려고 하네
갈증을 식히려
열기 식히려
씻어서 젓가락 토막 모양내어
락카에 넣다보면
심통이 솟아나
곁눈질하게 된다

선풍기 앞에 떡하니 누워
TV보는 님네들의
넉넉한 심사에 배알이 틀려
어름덩이 속가슴에 얹어
깜놀 시키며 킥킥 고소하다며
삼십 리 줄행랑 놔
베란다에서 만장봉 바라보며
진땀 식히고 한숨 돌려
문 열면 수박냄새 상쾌하게
님 마중 하네

3

# 까마중을 건드리며

계단식 폭포에 얼굴 디밀면
물보라에 닿아 차갑죠
주변 환경에 한해살이
까마중도 익어
빡빡머리 스님의 머리모양
닮았다고 까까중이라 불리죠
어릴 땐 동무들과 계곡에서
먹거리로 밥상에 올라 한 입 물면
왈칵 단맛이 쏟아져
손이 가다
보면 입술은 까맣고
입속은 초록으로 물들어
서로 쳐다보며
깔깔 웃고 손짓하며
도깨비 같다고 얼른
흐르는 물에 세수하곤
양치질 하죠.

# 하와이무궁화 대 우리 무궁화


무궁화는 항시 모습이 소박하다
비 오면 비에 젖고
쨍한 날씨엔
더워도 소리 없이
정원 끄트머리에
활짝 피웠다가
저녁 무렵이면 오므라드는
함초롬한 무궁화다
진딧물이 기어올라도
말없이 자신을 내주며
자연의 빗줄기만
애 태운다
꽃송이 크고 빨간 색상이 예쁜
하와이 무궁화는 훌라춤을 추는
무용수의 머리에서도
훌라춤을 춘다
화려한 하와이 무궁화에
곁눈질하며 벌레 없는 모습에
짜증을 부리며
빡빡 긁어 시원함을 한 풀이 하는

우리네 무궁화는 한국인에 맞는
체질을 지녀 수수한 모습에
아침이면 피고
저녁이면 오므라드는
우리 국화의 품격이다.

# 서울식물원을 둘러보며

서울식물원은 주민의 산책로다
공기 좋고 작은 연못 가득히
수련, 연꽃이 피어나 징검다리에서
보면 송사리 떼의 놀이터다
뜨거운 여름 날씨에 폭포가 시원스레
내리 쏟고 초록의 주제원엔 허브들이
향내 피워 걷는데 불러 세워 코를
벌름거리게 만들고야 만다.
열대 식물원에 묵은 나무들의
일열 종대를 이루어 키 재기하고
어린왕자와 바오밥나무는 사이좋게
옆자리에서 관람객의 포토 존이 되어
가는 이 발길 잡고 김치-웃는다
꿀벌이 사라진다는 아쉬움에
곰은 고개 숙여 침묵하며 연인들만
손잡고 왁자지껄 소란스럽다
서울의 마지막 자락에 위치한
서울식물원은 주민의 휴식처다.

# 낭송할 땐 송글송글

낭송을 할 때는 즐겁고
송알송알 뱉을 때는
진땀나고

낱말하나 조사하나
틀릴 때는 얼굴이
화끈거리고

강습생들 선명한 눈동자에
가슴이 철렁거리며
고개 숙이고

강사와 눈 마주 치면 얼른 돌리고
화장실로 줄달음치며
등짝 땀 식히네

# 참새와 까치


어느 날 참새 어미가
창가에 앉아서
짹짹거리고


오동나무에 어미까치도
새끼 찾아 까악거리고
먹이 건넨다


비는 부슬부슬 내리는데
낮게 날면서 땅위에
곤충 찾아 나서며


지렁이도 꿈틀거려 촉촉한
똥과 더불어 굴러
피부를 적시고


잔디도 물먹어 무럭무럭
자라며 무리 속에
묻혀 살아간다

곤충이나 식물도 자연의 빗물로
기대며 스러져가는 만물
영장에 거름되네

# 텀벙 주춧돌

시각을 달리하고 사물을
볼 때 텀벙 주춧돌이
눈에 들어온다

다른 돌은 모서리가 곱게
다듬어져 고운데
텀벙 주춧돌은
거칠어 보인다

땅속 생김이 울퉁불퉁
고르지 못하니
그렇단다

생긴 대로 사는 주춧돌의
모양은 우리네
인생살이다.

# 지금 마로니에 공원은

마로니에 공원은

젊음의 도시다

정원엔 야생화와 잡풀이

어깨동무한다

쌍쌍이 벌과 나비도

재잘거린다

매장엔 열기가 넘쳐

뜨거운 단내로

입담이 그치지 않는다네

# 먹거리 장보기

비가 오나 눈이 오나 오늘
할 일은 한다고
한 달 식량이 때가 되면
바닥이 나듯이
얼른 옷을 주워 입고 비우산
챙겨 길을 나서네
찰박찰박 발에 닿는 촉감을
시원하게 느끼며
나무 의자도 비를 맞아 목욕을 해
깨끗해 졌다네
오동나무도 화초도 비를 머금은
모습이 좋고
장화도 젖고 장바구니도 젖고
가방도 젖어도
야쿠르트도 젖어 외출한 가족들을
기다리며 우산
받쳐 들고 처연한 모습으로
먹거리 장보기를 하네

# 이화동 언덕에 무지개 떴네

우남 대통령의 부인은 파란
눈의 이국여인이다
다소곳이 한국의 외모를 지닌
작고 온화한 부인이다
이화동 언덕에 자리 잡은 저택은
작고 아담하다
살림살이도 국모 보단 서민의
생활에 가깝다
냉장고도 찬장도 작고 영부인의
호화스러움은 없다
친정의 도움을 받아서 귀한 차로
손님 접대하며
국민의 어버이로소 몸소 소탈함을
보여 백성의
입에 오르내림도 없고 오로지
나라 경제 재건에
애써 살았것만 내 맘이 네 맘 같지
않아 망명길에 올랐다네

# 졸업장을 받으며

고등 졸업장을 쥔
어르신들의
상기된 표정이 이채롭다
반쪽은 일그러진
울상에 희열이 넘치는
눈물은 마음의 회한 일 것이다

아들은 소 팔아 공부시키고
딸은 출가외인이라는
부모의 생각에 말없이
양보하고 물러서는
현모양처 감의 딸은 속으로
울음을 삼킬 것이다

동생들의 뒷바라지를
부모에게 물려받아
가족을 위해 가난한 살림을
부엌에서 얼어서 갈라진
손을 행주치마에 닦으며
조용히 눈물 짓다 주저앉을 때…

세월은 흘러 내 자식 키우고
손에 물이 마를 때 앎이 그리워
정화고등학교에 입학원서 내고
자식 같은 선생에게 글을 배우는
어르신의 마음은 지금이라도 즐겁다고 하네.

# 기다림에 대한 연민

기다림이란 상대의 생각이
넘쳐야 하는데
반대로 한 쪽만 눈 빠지게
기다리는 것에
슬픔이 아스라이 몰려와
검은 파고가 잃어
남 몰래 눈물 짓는 내면의
사연을 누가 아나…

답답함은 가슴을 여미고
젖은 풀잎에
입 맞추며 아롱진 방울에
몇 자 적어
우편엽서 띄워 바다에 흘려
남쪽에 보내서
받는 이에게 축복이나 빌어
주고 미래를
점지 한다면 연꽃으로나 피리…

# 봉사는 힘이 있을 때

봉사란 힘 있을 때 하는가 보다
웃으며 인사해도
허리 굽고 남루한
노인들의 말과 행동은
어딘가 애처롭고
처량함이 보인다
"쓰레기봉투 언제 나오지요?"
소리도 작고
의지가 박약한
자신의 의사소통도
부자연 스럽고
무조건 머리 숙이는
자세는 괜스리
연민의 정이 스쳐
부모님 생각에 눈시울을
적셔 가슴이 뭉근해 지네

# 낙숫물 소리에

귀갓길에 지붕에서 빗물이
　　　　　　주룩주룩
봉선화꽃 위에 떨어진 자국이
　　　　　　보이지 않고
예전에 땅은 흙이어서 송송
　　　　　　거문고 소리가
울려 퍼져 듣기가 좋아 아버님은
　　　　　　댓 발 올려 지긋이
귀 기우려 봉숭아꽃 감상하며
　　　　　　엄마 생각에 하염없는
근육질의 미소가 비추는 옆모습이
　　　　　　눈에 비춰 글 읽는
소리는 더욱 낭랑하여 냉수 물과
　　　　　　화채 한 그릇을
찻상에 올리어 물끄럼이 바라보네

# 시대 흐름

예술가의 집에서
문학콘서트 한다고 들러
시인님의 한마디 한마디
귀담아 듣고 새겨 봅니다
아날로그에서 디지털로
넘어오는 과정에서 시의
방향이 서정적인 면에서
동적인 면으로 달려드는
모습이 현대의 젊은들만
이해 할 수 있는 시대흐름에서
전진하는 디지털로만 빠져
정보다는 동적으로 흘러서
기계적인 작동만이 정서를
무너뜨려 삭막한 현실을 보이네요,

# 뒷걸음질 치네

무심코 던진 한마디에
아차한다
보는 대로 보이지 않는 대로
질러대면
질 새라 저쪽에서 고함을
쳐 버린다
어째 이런 일이 생길까
작은 눈 크게
뜨고 우러러 보는데 슬쩍
시치미 떼고
안 그런 척 우겨 보지만
이미 떠난 마음
뻗해서 더는 아우르지 않고
두 손 내려
지는 것이 이기는 것이라고
뒷걸음 치네

# 산다는 것은

아우르며 내가 사는
　　　　　동네에 어진
사람이 있다는  것을
　　　　　귀로만 듣다가
실지로 밥 한술 같이
　　　　　나누니 맘이 당겨
친구하고 싶다고 하니
　　　　　지난 사연이
줄줄이 나와서 아뿔사!
　　　　　입다물고 듣네
겉모습은 편해 보이지만
　　　　　내면의 마음은
어쩌랴! 속은 괴로워도
　　　　　입에 풀칠은
해야 가족의 유대가 이루어
　　　　　지는 것을

산다는 것은 절대로 쉬운 일이
아니며 더불어 웃어야 하는 것이다.

# 주민과 어울리는 하트꽃밭

비가 내리니 할 일이 줄어
들어 좋다
며칠 전에 하트꽃밭을 주민과
만들어
오가는 길목에 설치했더니
순번 따라
물을 공급해 주잔다 장마철이니
이참에 땡이라고-

꽃은 빛과 물과 거름이면 만사
형통이다
내심 좋아 손 놓고 있는데
호박 부침개
먹으며 물주라고 으윽 나만 빼고
뾰로통하고
기웃대니 파장이라며 손사래치고
애롱 대며 불쑥
은박지에 부침개 한 쪽을 내밀며
약 오르지 날개 짓 하네

# 공모전公募展에 임하여

'공(公)'벌레는 잎사귀 돌돌
     말아 알 낳고 잎사귀
     먹으며 성장 한다네

'모(募)'전여전 이라고 엄마 닮아
     억세고 생생 동적이라서
     부싯돌이 되려 한다네

'전(展)'시에는 영웅들이 많이
     나타나 국운에 영향
     미쳐 깃발 날린다네

아무렴은 어떨까 본인의 의지가 중요한 게지
더도 말고 덜도 말고 지금처럼 촌음을 아껴
매사에 열중한다면 결과는 '勝'이라네.

# 청진옥은 여전한데


고향은 늘 그립고 가고
싶어 손꼽아 놀던
그 곳

인왕산은 멱 감고 소꿉
놀이에 정신 팔려
놀던 곳

부모님은 가셔도 친척은 남아
정 들어 핏줄을 잊지
못하는 곳

청진옥 찾아 들어가 해장국
한 그릇 뚝딱
옛 맛이 그대로 서울의 유물로
지정되어 향기 풀풀
날리는 해장국

기와집들은 빌딩으로 바뀌어
쭉쭉 뻗어 정원 속 찻집
팔각정엔 대추차에 코 박고
쉼 없이 내리는 비에 눈 맞추네

4

# 홀홀 털고 떠나신 아버님 산소에

우리의 고유 명절이 다가오고
있네요
아버님 산소 이장하고 윤달에
화장장하고
나니 한가위에 성묘갈 일이
줄어 들었어요
손자가 국화 한 송이 화분 들고
나들이 가던 곳
무궁화 공원묘지 초지에 자리하고
굽어보던 언덕에
듬성듬성 빈자리 메우며 차오른
묘지엔 대추가
떨어져 파란 대추도 달아 옷에 쓰윽
문질러 맛보던 시절이
그리워 죽어 생전 찾지 않을 거면
무덤을 만들지 말라던
아버님의 지엄한 분부에 기일이
아니라도 찾아보곤 했지요.

# 족자 신청해 놓고

족자 신청해 놓고 마음에 안 들어
몇 날 며칠을 끙끙거리다
용기 내어 주소 물어 친구와
나들이 나서네
때는 가을이라 길거리는
가을 과실들이 즐비하게
늘어서 과일 경연대회에
나온 듯 무지개 옷 입고
봄 처녀 같이 수줍게
웃으며 손짓 하네

걸을 때마다 풀석풀썩
이파랑이 날리며
보도위에 널부러진 프라타너스
이파랑이는
손님 맞이 하는 양 바삭바삭
밟혀 어서 오라는 듯 망설이는
나에게 포도 한 상자 들려주며
기쁜 낯빛으로 활보하니
비온 뒤 개인 하늘이라
화창 한 것이 가쁜 나들이 되네

# 치마폭에 싯귀를 그리다

시향을 치마폭에 글로 쓰는
행사가 진행되고
입으로 읊는 구수한 행사도 함께
열려서
오랜만에 다산이 딸 시집
보낼 때
유배당하여 참석도 못하고 애가
타 열두 폭 치마에
글을 써서 주었다는 정약용
생각에 스쳐
콧잔등이 흠씬 젖어 눈물이
글렁거리며
詩는 우리 마음을 쳤다 폈다
아우르는
마음의 고향이다 아프면 싯귀의
詩발에 엎드려
눈 한숨 붙이면 풀어져 개운해
진다네

# 그래도 아무 말이나 하고 싶다

이어령 선생님 가신 후
전혜린이 뜨네.
전혜린과 이어령 선생님은
동년배라고 하네.
학창시절 에세이 책을 가슴에
꼭 안고 다녔네.
내용을 알아서가 아니라 무조건
품고 싶었네.
폼생폼사에 죽고 못 살아 않으면 읽고
또 읽었네.
사색에 젖어 나뭇잎 대롱거려도
아랑곳 않네.
침침한 모습에 얼굴도 철학하는
음유시인이라네.
추억은 언제고 나타나 과거의 한
페이지를 장식 한다네.

# 투표하러 가는 길

훈풍 속에 아파트 사잇 길을 가로 질러
풍경을 음미하며 걷네.

부르는 사람 없지만 의무를 다하는 시민이
되고 싶어 걷네.

투표장에는 질서정연한 모습에 모두 능숙한
얼굴이 드문드문 보이네.

열린 문으로 옥상 텃밭을 보니 가뭄에 목마른
새싹이 날 보며 손짓 하네.

생각 같아선 한줌 채취해 가방에 넣고 싶지만
양심에 털 날까봐 발길을 돌리네.

# 험한 길 가는 나그네

험한 길 가는 나그네는 말없이 슬프다.

뜻이 있어 고개 숙이고도 슬프다.

꿈이 부풀어 안고 가지만 속은 슬프다.

젊음은 가치가 있지만 속은 슬프다.

겉으로 병마가 슬며시 끼어들어 슬프다.

낭만도 좋지만 인내하는 마음도 슬프다.

자식 자립하는 마음도 예전 같지 않아 슬프다.

# 마당에 천막치고

더울 새라 마당에 천막치고
　　　　응달에 벌러덩
누우라며 대야에 물을 담아
　　　　다소곳이 놓는다.
내리쬐는 태양이 얼굴 태울 까봐
　　　　우산 펼쳐 들고
시원한 바람 쉬어가라 손짓하며
　　　　먹거리 준비한다.

듬뿍 담아 나와 너 손잡고 입으로
　　　　젖깔로 오물거려
풍경 보며 유치원생들이 몰려와도
　　　　옷깃에 살짝 기대며
재롱 피우는 나비의 자태는 반려견이
　　　　한 몫 하지만 탈날까봐
조심하며 위에 개털이 쌓여 수술했던
　　　　친구의 말이 귓전을
울리어 걸으며 보지만 내 집엔 꺼림직
　　　　하여 고개 젓는다.

# 삶의 역경은 질인데

한시름 잊을까?
한시름 놓을까?

손바닥 비비며
벌겋게 달구는
인생살이에 일침

알릴까? 말까?
올까? 말까?
여울져 떠나는 민심
소리 없는 아우성

아프다 말할까?
참아 버릴까? 말까?
삶의 역경은 질인데
자신 탓! 남의 탓!
헤아리지 말고

한 발짝 물러나 웃어보자.

# 삭신도 인내한다면

삭신의 아픔은
　　　슬프다.
삭신의 생각도
　　　슬프다.
삭신의 기억도
　　　슬프다.
삭신의 능력도
　　　슬프다.
삭신의 별자리도
　　　슬프다.
삭신의 책읽기도
　　　슬프다.
삭신의 노래도
　　　슬프다.
삭신도 인내한다면
슬픔쯤 밀어낸다.

# 비너스 모델

마음 접고 앉아 신문을
        들여 다 본다.
관심꺼리가 있나 뒤적여
        찾아본다.
눈에 띠면 횡재했다고
        군침 삼키며
잊었던 기억이 파랗게
        옷깃을 여미며
날 좀 봐 달라고 시커먼
        글씨가 보인다.

팔이 없지만 비너스모델이라
        당당한 제스처다.
예전엔 고개 숙이던 풀죽은
        모습이 애처롭다.
배움은 당당함과 의지의
        화신으로 만들어
아는 만큼 보인다는 우리네 사회
        인식이 높아 보인다.

# 우정은 메마른 情이다

우정은 꽃보다 아름답다 하나
우정은 어릴 적 마음이다
우정은 어려워도 마음이 통하는
코흘리개 친구가 정답다
우정은 고통 속에 꽃이 핀다고 하지만
땅속의 사계를 모질게 이겨내고
겨우살이 지나 고개 드는 새싹은 영혼이다

나이 들어 만나도 옛적 그대로
대화는 가능하나
손수건 가슴에 달고 입학하던 때가
순수하다고 하나
엄마 손잡고 핵교 가던 때가 한없이
그리워지는 것은 팍팍한 우리네 현실이
그리운 옛 情을 품고 싶음이다

# 사람의 목소리

새소리 물소리 바람소리 중에
으뜸은 사람 목소리다

무대에 서서 목청 가다듬고
읊어대는 가는 듯
굵은 듯 여린 듯
여인의 호소력은
진하게 울리어 멍하게
가슴을 들뜨게 한다

거칠고 메마른 아재의 목소리도
심금을 울리어 사색에 잠긴다

싯귀는 은율이라 아무리 들어도
살랑거려 안개 끼듯이 아롱댄다.

# 체육대회는 얼씨구 좋-다!


단체에 몸담고 있다 보면
철이 바뀌는 대로
철따라 행사가 있어 구경
꺼리가 흔하고
몸이 부실해도 어영차 걸음
옮겨 운동에
참여하여 동료들과 수다
떨며 먹거리
쟁반 들고 줄서서 한 국자
주면 저것도
손짓하며 부침개 얻어 한 젓가락
물면 입안이
냄새 풍기며 우울증이 가시고
미니축구 걷어차서
골인하면 파안대소로 박수소리
요란하게 부둥켜
안고 모래밭에 내동댕이쳐져
쓱쓱 먼지 털어도 얼씨구! 좋다!

# 어긋남이 없는 약속

어긋남이 없는 약속은
무연히 기쁘다
기다림이란 가슴조이며
손으로 손꼽아
하염없이 기다리게 되어
눈물도 찔끔거려
벨이 울리면 얼른 집에 가
누군가 확인하며
혹여 그 사람이 아닌가 눌러 보며
몸짓이 가쁘게 뛴다
반가움이 마-악 밀려 오면은
머리부터 만지며
어디로 가느냐고 연방 물으며 옷에
코트에 시선이 쏠려
화색이 돌아 방방 뛰고는 내달아
대문 쾅 닫는다.

# 잔아 박물관 기행

남한강에 왔던 문학기행이
마음속에서 살며시 머리를 든다

부인 테라코타작가, 소설가 김용만
내외가 운영하는 잔아 박물관의
모습은 남향 빛에 따뜻하고
문학인 맞이에 빈틈이 없으며
푸른 잔디도 악단도 오페라듀엣도
화음이 조화롭고 약간의 장난기도
곁들여 관객의 우레 같은 박수를
받으며 성황리에 끝맺음을 하고
나희덕 시인의 강의가 있고서야
모두들 박수치며 싸인 공세에
팜프렛 들고 우르르 밀리니
새치기도 더러 생겨 웃는 얼굴에
먹칠도 하며 나긋나긋한 모습으로
부르릉 각자 가족이 있는 집으로…

# 수다 떨러 카페로

마음을 한 가닥 접고
귀 기우린다
실행 없이 글만 읽는 다는 것도
때론 머리가
지끈거려 창문 활짝 열어젖혀
뜨거운 바람
내보내고 차가운 바람
불러들여
피부에 맺힌 땀을 씻어
개운하게
말린 다음 베란다에 다육적
식물과  한 마디
나누다 보면 오전이 훌쩍 지나
정오에 약속을
위해 화사하게 꽃 원피스를
걸치고 바람에
날리며 핸드백 어깨에 둘러메고
산뜻하게 거리를
활보하며 수다 떨러 카페로
내 달린다.

# 고종의 혼례

고즈넉한 대감님 뜨락을
거닐며 사색에 잠겨보네
세도 당당한 대원군의 마당엔
아들이 심은 정2품 소나무가
우뚝 솟아 있다네.

혼례 치르고 떠나는 마음은
섭섭하고 언제 볼 수 있을까?

가물가물 뒤통수가 간지러워져
나라의 지존인 왕의 앞길엔 울울창창
백성의 원성이 자자하구나.

농자천하를 만들어 과연 사대사상을
깨고 조국의 번영을 이룰 수 있는
굳건한 대한의 조국을 대국의 간섭에서
벗어나 한발 내딛는 왕이 되기를
바라는 마음뿐이었다네.

# 수업은 즐거워

학창시절이나 어른이 되어
공부한다는 것은 여간
어렵지 않다

정석만 얘기하면 지루하고
졸음이 밀려와 지긋이
감아 버린다

우스갯소리가 들려야 번쩍
귀 기우려 듣고 크게
하품해 댄다

수업은 즐거워야 귀를 쫑긋 세워
표정 짓고 종알종알
당나귀 된다

느슨함 속에 지식이 넘치는 강의는
고요함이 더욱 더 강렬해
긴장감이 맴돈다

고개 숙인 어른이나 학생은 질리기보다
사색에 가깝고 조용히 자리하는
모습이 좋다

# 빛보다 찬란하게

예식을 오랜만에 보니
화기애애한 분위기가 훈풍이다.

가족끼리만 몇 명이 제한되어
있을 땐 한파가 인다.

따사한 우리네 풍습이 빛보다 찬란하게
한복이 넘실거린다.

모녀간 부자간 사연이 넘치고 친척 간에도
담소가 무르익어 흐뭇하다.

무릇 정은 만나야 보이고 흩어지면 얇아지는
우리네 정은 두터워 좋다네.